# 我喜歡我是現在的樣子

譚俊瑩

# 【推薦序】純粹的執念

譚俊瑩是個與別不同的詩人，沒有傷春悲秋，不作無病呻吟，但對我們的時代與社會，細緻而敏銳地進行觀察，沒有激烈的抨擊，只有善意而略帶戲謔的提醒。有人說，詩是一面鏡子，反映著詩人的內心世界，我在鏡裡，看到一位幽默、親切而不造作的女孩，她正準備為世界創作更多優秀作品，讓我們一起期待。

——作曲、填詞人　李峻一

## 【推薦序】新蕊初吐知花期可待

為什麼寫詩？

或許詩人想讓你看到，他敏銳纖細的神經，剎那感受的觸動，僅是一瞬，卻在心上構成巨幅水墨。

或許詩人想讓你聽到，同樣映入你我眼簾的風景街道，在他佇足凝視而後反芻，幻化為清脆雋永的歌謠。

或許詩人想讓你知道，對於我們習以為常的不合理卻假裝合理的世界，很虛偽卻假裝很坦誠的世界；詩人或低聲嘲諷，或默默反思，但是，詩人絕不過度喧囂吶喊。

詩人不會把自己體察到的不平或忽視，強勢推銷成另一種大眾訊息，不會讓自己的思想與意志，變成另一種不合理，另一種虛偽。

這就是詩人，那就是詩。

作者譚俊瑩，將橫跨超過十年的作品，濃縮在這一本《我喜歡我是現在的樣子》，作品末以時間序排列，但是若讀者能以創作時間來閱讀這本詩集，可略窺作者在創作面向上不同的嘗試與轉變。就像螺旋而上的樓梯，往北的窗口探頭而望，你會看到作者內在的自我對話，緩步而上，轉到東南方眺望，可見作者對於她所相處的環境與人，有著或眷戀或傾訴或冷眼旁觀的註腳，再扶著手把往上，轉身向西，則目睹作者對社會議題的關注低諷，沿著時間再往上走，作者又以新的角度與自己的內在對話，再往上，再往上，透過俊瑩的胸襟視野，你再一次的看到新一層次的環境與人，社會議題與自我成長……

十年寫詩，算長，也不算長，作者收錄的作品，從約二十歲到近三十歲，算多，也不算多。現在下過多的評論，或許太早。然而，若寫詩是一種不能停的癮，是發自內在渴望的病，若那是作者不能放棄的自我表達，接下來，再十年，再二十年，那旋繞而上的螺旋梯，會讓你我看到什麼樣的景色呢？

細觀十年作品，作者創作脈絡變化雖精彩，但以人的一生而言，不過是熟結花苞，新蕊初吐；而作者接下來將經歷更豐富的人生體驗，並迎接變化詭譎的社會環境，作者又有什麼精彩創作呢？可待花期燦爛。

當你看過一個詩人創作六十年的作品後，你會懂：

或許詩人只想讓你明白，你不寂寞。

——氣質女詩人　林立婕

【推薦序】

# 內心詮釋的景觀

## ——讀譚俊瑩的詩

人到中年，我時常告誡自己要記住前賢的經驗，千萬警惕以下兩樣東西不要增加：腰間脂肪和腹中牢騷。近一兩年，社會上的許多變化與發展又告誡我多一件事需要留意：後生可畏，或者說，後生可敬。真的，農耕時代已變成有機種植的浪漫想像了，八〇後的臉書教主已經是世界十大富豪了，電腦已在圍棋盤上打敗人腦了，此刻此秒，我這種中年大叔如果還不識趣，自恃老資格就裝模作樣對年輕後生指指點點，恐怕免不了遭人訕笑，更直接的待遇是被人 unfriend 或 dislike 了。

所以，當譚俊瑩邀我為她的詩集寫些東西時，我是欣喜的，因為有機會系統地讀一下年輕新銳的作品，可以惡補我近年深宅在家做兩個女兒家奴而致的對詩壇的無知。果然，光看詩題已耳目一新：衣服裡夾著風沙、最善良的降落、黃昏大朵大朵的蜷著、劃過一段傾向的距離、把雞啼放進冰箱、因為時間進入所有撫摸過的地方……天呀，這都是些什麼造句法！真真後生可畏，百無禁忌，哪管語法陳規舊矩，先痛快淋漓地駕著文字快車闖蕩想像的天地再算：想像有多遠，文字就有多自由！

再讀到這樣的詩句：

「鹿說，那個本來有角的位置，總記得痛」（〈情人節〉）。本來有角，如今無角了，當然記得痛！這個「角」是什麼？如何、因何被切去的？從「情人」得來的教訓嗎？讓讀者去猜想了。

「把身體深處騷動的寂寞撕開任鳥啄食／漸漸少了的／他的寂寞／啾啾地飛走」（〈空降麵包碎的阿公〉）。阿公因為寂寞，只能藉餵飼鳥兒排遣無聊，詩人硬是把如此簡單的一件事寫得有場景、有動態！

「你為何將生活當成一種停泊：／給自己上鎖／同時防盜」（〈泊人〉）。這或許是「曾經滄海」受過傷害的人的寫照，詩人為他們發明了一個中文新詞：泊人，停泊不動的人，在自己築起的港灣（如果不是死水）裡靜聽潮汐。

奇特而新穎的想像、陌生而刺激的組詞——我知道，光憑這些短短的詩行，譚俊瑩這個後生詩人已值得我這個想像力枯竭的中年人可畏可敬了。更何況，譚俊瑩有的不僅是想像力與組詞法，還有她對自己所處世代的議題的看法，有稜有角，尖銳直接，像〈他們擁有海岸，形狀是鐮刀〉、像〈有人在澳門玩俄羅斯方塊〉、像〈也是白色〉、像〈我們一樣平等〉，而我特別想點名〈進與退——有感於艾曉明老師脫衣抗議中國兒童性侵案〉：

如果一個禁言的社會
如果一個網絡肉體浩蕩
如果文字無法抵達
如果裸身還能傳播

如果換不到震後的安止
如果這裡依舊為家

所有的「如果」都是「事實」，刪去「如果」，便是艾曉明老師為何要以脫衣的激烈行動來作出抗議的原因。詩人不去點明，因為這是詩，不是抗議信。

還有〈滿腹的珠璣〉：

在媽媽的肚子裡，藏著滿腹的珠璣
那是蚌與蚌的寶貝
艾倫佩姬現身說，她就是璣
璣是一種不圓的珠子
……
不過，社會偏要人棲居器官分發的性別房子
即使它再寬敞，可以容納三個新生兒

即使它再纖美，可以穿著貼身裙子
艾倫佩姬還是喜歡自己 comfortable 的寬鬆褲子

作者附註云：「璣的粵語發音與 gay 音同。」詩人要說的，其實就是同性戀自由。璣不圓，但也是珠，是蚌與蚌孕育的寶貝，不應受到歧視；同性戀與主流婚姻觀不合，但同性戀者也是人，是從媽媽肚子裡生下來的寶貝，也有權追求自己的愛情，穿自己覺得 comfortable 的寬鬆褲子，不應受到歧視——何況許多國家早已立例同性婚姻合法！寫到這，又不得不說真真後生可敬，詩人的奇思是如何將「璣」與 gay 這個妙想連結起來呢？

英國著名女作家吳爾芙（Virginia Woolf）說：「一個人能使自己成為自己，比甚麼都重要。」而譚俊瑩已明確地宣佈：「我喜歡／我是現在的樣子：可以／撐起竹篙，使傷痕划得更深／這時太陽總，在水中央」（〈我喜歡我是現在的樣子〉），說明她自我獨立精神的成熟。吳爾芙又說過一句非常著名的話：「女性若是想要寫作，一定要有錢和自己的房間。」譚俊瑩有沒有錢我不清楚，但我清晰地聽到她說：「我想就在同一個房子／看內心詮釋的景觀」（〈當外面的世界雕琢我〉），譚俊瑩顯然已在自己獨立的精神世界裡築起了精緻的房間，而這本詩集便是她「內心詮釋的景觀」了。

有如此可畏可敬的後生詩人崛起，我這個中年大叔只能只想只會去處理自己的脂肪與牢騷了。畢竟，真的，世界終歸是他們的。

——名詩人　黃文輝

# 【推薦序】彷彿行走在日常生活構築的荒漠裡

倘若詩是某種漂流物的存在，那會是怎樣的閱讀風景呢？

隔著無垠海洋，選擇在岸邊讀妳的詩，讀妳視窗看出去的世界，讀解它的虛幻與真實，讀那些細瑣又綿密的暗語。每當風雨過後，總有巨量的漂流物堆積在海洋的邊緣，被潮水無情地沖刷，而人生這座短暫停泊的港口，真正的燈塔來自心中微弱燃亮的燭火，我們所做的一切努力就是不讓它熄滅掉，在波浪般捲起的黃昏裡，像林婉瑜的詩「相遇的時候，做彼此生命中的好人。」

讀譚俊瑩的詩，彷彿行走在日常生活構築的荒漠裡，看著自己一點一滴被風化的身體，逐漸被外面的世界雕琢成一個孤獨的塑像，外面愈是嘈雜熱鬧，內心愈是疏離冷漠，那不僅僅是一種背離或抵抗的姿態，也是詩人秉持著良知與善念的修行，還沒有找到懸崖絕壁的時候，絕不能輕言放棄一朵理想主義的花朵。

〈衣服裡夾著風沙——遇見辛波絲卡後，再讀周邊〉這首很能夠代表詩人內在的形象——不願與烈日同行，或手挽風聲——有人已經遙遙地走在很前面的地方，書寫只是為了追趕傾慕的對象，把自己過去成長的影子遠遠拋在身後，看著觀念不斷被現實擊碎的鏡子，欲重塑一個有秩序的世界，在詩句中妳默默進行著記憶國度的微小革命，讓意念潛浮在喉頭，因為有些話不得不說，習慣沉默的妳，也只能透過詩，去經歷曾有的海洋與星空，不被人們窺見的宇宙。

等待成為生命中最美麗的命題，等待日升日落，等待放學回家，等待親人的歸來，等待逆境出現轉機，等待雨季的航線稍微略過紛擾動亂的巴基斯坦，以及孩童發亮眼睛的北京，等待神性降臨，青草豐美，野性的青春衝撞，相信有人值得等待。但這個世界並不是時時刻刻給人安全感，詩裡面妳說：「你渴望變成炸彈／粉碎所有的不堪。」多麼令人心痛的句子，它彷彿是現代社會的縮影，一方面城市生活便利，一方面又隨時有戰爭在我們的周遭發生，破壞了原有的平和寧靜。幸好詩不是爆裂物，用不著去擔憂一首詩可能造成的威脅，但詩卻是引信，它點燃的是靈魂的火花，為著一個更明亮的未來，妳願做那樣的人。

語言無法描述的世界，只能用心去感受，覓不到星群的夜，有些人註定成為孤獨的星座。當你仰望黑夜，詩句自成星球，直到找到彼此連結的意義，才透過想像連成星座，有很多神話傳說藏在浩瀚的星雲，你望不見生活最初的那條直線，你只是壓低再壓低自己，順著危機四伏的日常戰線，選擇匐匍前進，做個堅守生命崗位的戰士，勇敢面對隨時可能發生的恐怖攻擊。

整本詩集就是生活碎形化的思索歷程，詩人帶著我們欣賞沿途的風光，不喜矯飾，只求反映內在的真實，破除表象的迷思，當所有的詩都在風雨中站穩腳步的時候，全新的秩序就此誕生。

寫於桃園，聆聽 Phillip Glass 的電影原聲曲 Koyaanisqatsi，它是導演 Godfrey Reggio 生命三部曲之中的首部曲，中文譯作「機械生活」。

——書店老闆／詩人　銀色快手

## 【推薦序】有關《我喜歡我是現在的樣子》

跟你們說吧，最近我因拾到一顆石頭而雀躍萬分，不因石頭價值連城，只因石頭微燙，能夠暖手；跟你們說吧，最近我重遇一些詩句，颱風、飛蟲、星宿，它們也許更適合模仿塵埃，但我喜歡它們是現在的樣子。當然，我也喜歡我是現在的樣子，喜歡握著石頭的自己，不介意石頭表面粗糙或圓滑，不介意外面的世界如何雕琢我，我只想記著石頭的溫度，感受詩人留在石頭上的餘溫。於社會，詩人的石頭擲地有聲；於自身，這石頭擲到心上，餘震久久不退。跟你們說吧，我期待譚俊瑩那微燙的詩句，期待《我喜歡我是現在的樣子》。

——名詩人　霜滿林

# 目錄

# 一個總是孤獨的人

——致S

巴士上來／太多人如密密麻麻／的小說／你身體的門止不住開掩／用開掩作為一種
思考方式／摒棄一切感性文字／只有馬路佈置成的／世界夜以繼日釋放你眼裡／兩
道黑白／這無異的顯徵／黑夜的葡京以華麗／吸引所有目光／淡忘的天橋／以方向
捕捉／你在背後依偎／如一堵幽深的回音壁／聲音總在中間突然／跳脫／因為盡頭
沒有站／跳下去除了危險／還有必要的碰撞／你又開始記錄諸如世界從不停下來的
感歎／那些突兀的呼喚一再／從水面滑過／瞬間消匿／我不是你痛失的鑰匙／只是
一種鎖／譬如鎖起你黝黑的膚色／然你／總是一個孤獨／的拳頭

註：雅克・馬利坦在《藝術與詩中的創造性直覺》裡說到：「只要這部作品存在，只要這麼一個世界存在，那就足夠了。……假如他心靈中的體驗和想像得到了傳遞並真正地為人所接受，那麼他就會成為一個最不幸的人，正如畢加索所說：『一個總是孤獨的人』。」

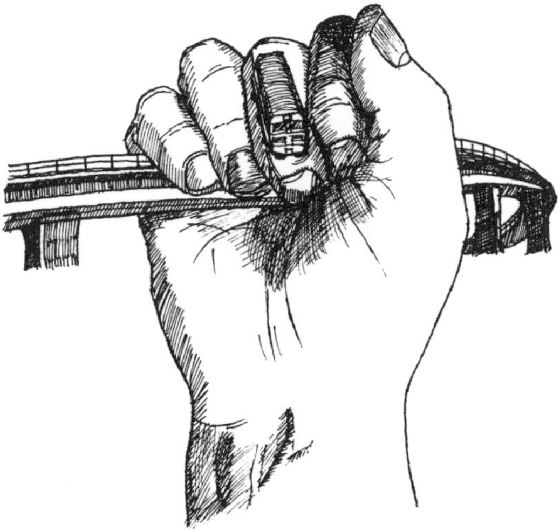

# 衣服裡夾著風沙

## ——遇見辛波絲卡後，再讀周邊

人們經歷，或者聆聽的故事眾多

也許有一位母親，把腹中的玫瑰
撒落一地，而不是
等待十月到來的哭聲，甜美地
從世界這個容器向外飄散

也許有一位婆婆，把女婿的背影

送到門口，然後拿出
櫥櫃裡還沒乾透的杯盤，雖被擦過
總要自己再擦一遍

到處敞開一扇門
讓人偵測所有的不安
也許有一個沙漠，人們害怕涉足
不願與烈日同行，或手挽風聲

（一隻太陽蛋傳來焦黑的氣味
絕望的人被背面的乾癟侵入眼睛
狂喜者執持檸檬黃色的命運與偶然

妳一副眸子看到了事情的兩面甚至更多）

回程了，衣服裡夾著風沙
這都不是詩的擔憂
有沒有人點算行囊並掏出日常生活荒謬的碎片？

# 井水人家

投進去
冷顫的繩索
從沒有火焰的地下歸來
十二月的水獸
咀嚼衣物
咀嚼泡沫
同時咀嚼指尖
把寒氣逐一吞食

# 他們擁有海岸，形狀是鐮刀

## ——峴港側記

飽滿的濤聲
交給越南人鐮刀一樣的海岸
已經磨鋒利了，可以收割遠道而來的過客
人們很難找到人跡如此稀少的勝地
美得一粒粉刺也沒有
除了海灘、美食
可以把時間落在豐腴的輪盤上
即使它胃口很大

大海徹夜難眠
更多在地人與外國投資者
馱著規模不一的房子，趕來湊熱鬧
誰可以按捺海風中的亂髮？
沒有人。
聽吧，鐮刀此起彼落

# 有人在澳門玩俄羅斯方塊

俄羅斯方塊風靡全球
我們的澳門，也在做全球化的事
並且抱著勝出的決心？
有人決心用新嵌入舊，用新取代舊
把佔用空間的低下層用遊戲的策略消滅掉
根據科學研究
俄羅斯方塊有效阻止大腦儲存視覺記憶
這對創傷後心理壓力緊張症候群的病人有一定幫助
可是，對於玩家，還有這個地方成長的人

我們的眼球無可避免地要處理空降而來的新鮮事物
相比起狹窄市井的茶餐廳，有人更願意約會在新開的咖啡店
相比起老舊的街市和士多，有人更願意去大型超市
還有人說好了要吃遍所有優惠價錢的自助餐
外地品牌越多越好，有人感覺這樣就能媲美大城市
除了交通，最重要是自己有私家車
除了住屋，最重要是早兩三年勉強做到趁低吸納
除了醫療，最重要是買好保險
除了教育，最重要是補習社伸出援手
全能的社會還有核心課程助你考入政府工
好了，越來越多的「障礙物」得以清除
越來越多的分數被玩家獲得

我們的澳門更加不能輸
看，我們一直在贏
我們用空降的繁華教育子女
那些消失的，都為我們贏取更多，對吧

# 覓不到星群

如果整個地區的人都一起製造足夠黑的夜，
我們能否看到星？
我正在尋找與我想法相同的人，
就像人類相信有天成功登陸月球。
可是，目前為止，到別的地方觀看星群，實在太容易辦到。

# 那些甜蜜的島嶼留下

安靜的小昆蟲，牠們鬆開
花中央最緊張的話語
聽見了嗎
她只說了一遍
愛你
在所有的散落裡

# 那些甜蜜的島嶼留下

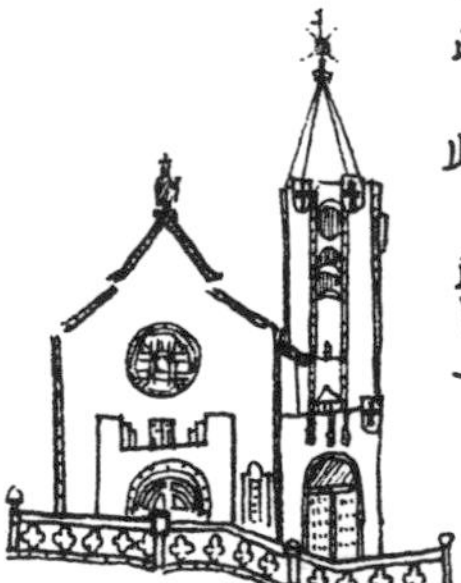

# 進與退

## ——有感於艾曉明老師脫衣抗議中國兒童性侵案

如果一個禁言的社會
如果一個網絡肉體浩蕩
如果文字無法抵達
如果裸身還能傳播
如果換不到震後的安止
如果這裡依舊為家

# 所有經驗之船

——致父親

所有經驗之船，陰翳如我記起
您指甲上滿滿的經線
飛行過餘燼，收割後的稻田

比我更沉默的人，過去是
樹影向牆上漫漶
每個交纏的指縫碰到
阿嬤的竹竿，三樓老家豎起

幾串臘肉，彷彿懶惰的士兵與太陽共處
巴基斯坦鄰居挖掘嫌惡的河流
您敘述中
摘下一片緬甸陽光
強似跳躍的蝦，我沒有聽到
任何生活裡尖銳的石頭

想您一直都在
我船底淘氣地畫著小貨車嗎
面對童年，
我倚著玩具鑲嵌的牆
您很久以後掀起簾幕，儘管落霞已過

20160228

# 當外面的世界雕琢我

語言潛浮，在靈魂內寄居
我忍不住跟妳對話
妳是選擇一種尖厲抑或背向？

在有限的生命裡，我棄絕初衷
從妳我的秩序裡剝落
進入，外界偏好的眼光，一幢幢的冷藏庫
收納所有時鮮的物件包括我對妳的愛
那個凍結的我，孳生不出信念

異變畏懼的味蕾
單腳一樣行走

再觸不到妳，的我
即便穿越大街，所有樹葉一起震盪妳的聲音
還是沒法超脫
看那些折枝的旁生

還能怯懦嗎
不會的了
妳已經遠去

我想就在同一個房子
看內心詮釋的景觀

# 情人節

鹿說，那個本來有角的位置，總記得痛

# 滿腹的珠璣

在媽媽的肚子裡，藏著滿腹的珠璣
那是蚌與蚌的寶貝
艾倫佩姬現身說，她就是璣
璣是一種不圓的珠子
也許有人在墜落時，決定把自己打磨
好放進統一的盒子

我們的現代人，喜歡到各地去
搜羅家鄉以外的物產

剪貼客廳缺少的窗景
沒有誰願意，把世界打造成一模一樣的房子
誰要喪失各式各樣的旅行地址？
不過，社會偏要人棲居器官分發的性別房子
即使它再寬敞，可以容納三個新生兒
即使它再纖美，可以穿著貼身裙子
艾倫佩姬還是喜歡自己 comfortable 的寬鬆褲子

---

註：璣的粵語發音與 gay 音同。

# 你的沉默，最善良的降落

你的沉默
讓我想起
宿舍門前的野鳥正在輕盈啄食
我靠近如是驚擾
一種最善良的降落

# 黃昏大朵大朵的蜷著

黃昏大朵大朵的蜷著，
待它凋謝以後
我們，相倚的戀人，仍是一樹垂枝

# 等一顆松果

倘若時間從這裡開始
一顆松果將記憶，魚鱗的姿態
深入陰影劇烈的海，沒有張開眼、皮膚、
嘴唇、耳朵，它緊縮著

年輕的戀人撿起，好像一朵蓓蕾
養它在柔軟的玫瑰色絨布上，
細密的光束鋪開，
人們想見它伸展芳香的四肢

日與夜的卷軸持續書寫
它像旋舞的裙裾，一再舒張，舒張，
愛裡曾經的瘀傷

可是，年輕的戀人啊
等一顆松果有勇氣，
鳥瞰它舊日的裙子，時間才宣告開始

20160309

# 暴力之徒

杜蘇芮挖開
天空有，五指的凹痕於心臟
盛怒多風的髮絲
在所有暴力剛發生時
她突然沉默
放下雙手
讓圍觀的眼球瞥見只有光

註：杜蘇芮為二〇一二年之八號風球。

# 我喜歡我是現在的樣子

**題記**：這天，我從夢中醒來，只記得顧城說過，「我是一個任性的孩子」；然後，我開始慢慢變老，但我喜歡我是現在的樣子。

我喜歡我是現在的樣子。幼童始終
蹲坐在草叢間，已經遺忘
半夜哭過。沒有更多語詞
她只能看見，世界比想像
更加空白，木馬在原地不停搖動

而成年之後，瞧瞧那些中菜
還有西菜；隨於俗的，吃法
最後遺留一堆臉譜

於是乎，每次黃昏
掰一個花瓣；現實的紋理似乎
欠缺淺淡，和芳香。我喜歡
我是現在的樣子：可以
撐起竹篙，使傷痕划得更深
這時太陽總，在水中央

# 一種故態如霧

滲透出
滿街的潮濕
我們明白一個暴烈
足以推翻
耽溺的霉糜
我們關閉所有的孔洞
對抗季候又來肆虐

# Bye，北京的雨

Bye，北京的雨

倚在牆腳的藍傘的水重重地
點印了一地
像孩童發亮的眼睛
它們走過
一些老人呆滯的心情和緊牽著的旅行的手
無數雙腿從椅子上垂下
的背影

Bye，北京的雨
現在旅行已經變為賣藝者的場景
雨水是笛孔的故事
我們看見斷線的珍珠滑落一地
卻只有疲倦的遠來者詢問

Bye，北京的雨
沒有風箏的天空和攤倒一地的單車
街上人很少
我們同時想起澳門的颱風
和一隻敲門的手

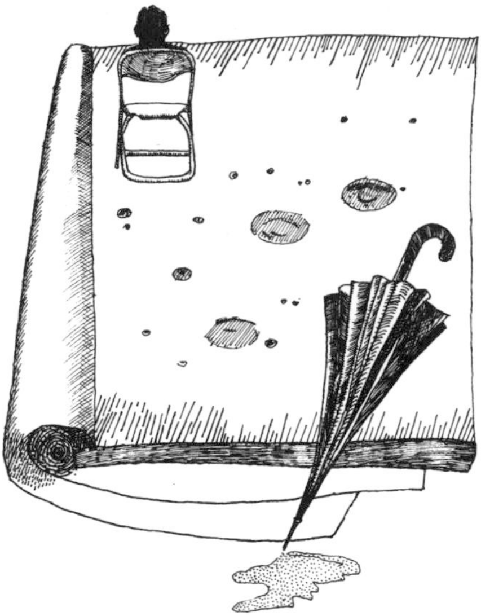

# 盛夏的使者

太陽，那個赤腳的丫頭謹慎
操作跳飛機的舞步
外婆緘默的針線，從窗子
透視

閃爍的樹木屏著氣息
池塘渴望，被投入任性的石子

如此堅韌，這貼身的水珠

曾在花季盛裝。摩擦似乎滑過
肌膚，被一一搧動，
起一群風，咬噬
熱戀的氣候。

鈴聲。雪白的奶味
在半空凝結，一樹的蟬翼滿成相思
紅豆。她的格子進入鳳梨的
蛻皮姿態，亮晶晶的星。老伯從單車的
木箱，馴服焦躁的大氣，
滿是勇敢的孩子，試煉吞冰的絕藝。

# 傾聽你走遠

那個時候，我說我們很近
一杯攪動的咖啡如月在圓
你說這樣很好，就喝了下去
啜飲進入身體，停留與銷匿
咖啡在降落，在伸展，蛇的通道
我撞上所有的牆壁傾聽你走遠。

# 回家

經常是半舊的飯盤一個吵鬧邊境。
穿行的食堂
誰不是一束壓彎的麥穗，
指望時間倉卒中把自己收割攜離。

摘掉人群的摩擦聲，
像中年人對突兀的幾根白髮施以暴力。
是時候放置一個我回家，
讓剪掉的玫瑰，回到枝頭。

讓我在狹窄的枝椏，
緩慢，揮霍掉夏日瓷碗炎熱，的飯粒

# 望九月

我們緊握一段關於晶瑩的滾燙
在望九月的時候
向前
向前　在那個夢寐的遠方
有種風的氣味　引領
一條路的走向　了無痕跡
的是手中的今天
要採一片紅葉　凋萎了
有的是力量飄零

飄零的喜悅　凹凸不平
又得到一隻方舟盛載

但先記得
太陽的每一個位置
中間的支點藏在哪裡
要被挪進
一杯茶的清淡
注入一個腳步沉實

# 生活裡有不能抗禦的

服飾落地等候降臨之手
沒有升起的窗簾，讓遠山拉近
被窩裡潮濕
覆蓋了你以為自己喜歡這個世界的想法
你渴望變成炸彈
粉碎所有的不堪
一個嬰孩卻哇地哭了

# 隱題詩：你害怕知道理想主義只是一種緣木求魚

——致K

你隱約，在現實的花粉下打起噴嚏，強烈的不能自主毒
害著欲醒之夢。啊！因為人們，從相同的渡口著陸，恐
怕噓唏難以傳承，就託呻吟擴展退讓的路——
知否？你的臉龐僅能向理想允諾，面對奢華的街
道，危險的獸最擅偽裝或伸一雙，似乎溫暖的手撫
理，你散亂的髮，它們曾在勁風中豎立！
想想這些喧鬧的人，不曾停留過你狹小的臥室，不曾為你的理想
主義尋起苦澀的根源，你早已注意到，就不要抑住

義無反顧地支配屬於你呼吸的空間吧
只要靜靜地，感激人們初衷的善意，佯裝自己
是專心傾聽的樣子，讓致命的現實施展
一記悶雷，而後不肯止息，——從萬
種苦痛中，你究竟抽取了甘甜的苦，啊，我怎麼捨得你企立崖之
緣，然哪管危難一再接近你，
木偶似乎不解地，繼續長鼻子的配角，憂愁的
求證，我祈求你投入
魚游水中的驕傲，耽溺與寧靜

# 背著一首詩

我曾經試著
把詩像貨物一樣裝卸
用肩膀運載
一陣容易抖落的雨

# 兩茶匙的生活

「奶茶。」

他慢條斯理地傾倒不多不少的

兩茶匙糖

他在沖自己的茶

沒錯他在喝了

奶茶，適量散茶、淡奶和兩茶匙的糖，他所喝的

「我喝掉一杯奶茶。」

「你吃的是兩個茶包的濃度。」

「你吃的是淡奶。」

「你吃的是兩茶匙糖。」
兩茶匙的糖，碰觸舌尖太甜
但兩茶匙的糖確實合宜地滑過口腔

後記：害怕或厭倦生活的朋友，記著你所品嚐的生活是奶茶一杯，而非單獨的兩茶匙糖。

CAFE LAO TAK KEI
劉德記咖啡室

# 死者形容

頭顱著地，輕濺的紅酒灰黯的野火堆裡
拖曳月色的臉，一片戈壁，冷冷，沒有駱駝沒有風
死者的眼睛，潮水一般陷落，退去海洋的景觀。
我在謀劃潛入你心臟的報復，傾聽魚群的聲音
黑暗中他們注視甚麼，你——
注視甚麼

# 病床飲食

——致父親

醒來的時候，混淆了方向，
竹筏之上漆黑而軟弱
唯有搖櫓聲竭力
從張弛中靠岸

遠離嫻熟，你的動作深入
海洋寬寞的舌
與濃烈共處

火焰灼燒過，
我是魚群在瑟縮，卻瞥見
器具錯落的一張網

你佈置了
早晨海灘的面容，
白茫茫的水域催熟渾圓的果

才聽到廚房熄滅
的燈火

# 我所知道的偽善者

我夢見許多無動於衷的殘餘物
在昨日之上，像小童
嘴邊的湯汁運送到
衣服，每天泡洗
持續的毅力
滴落

我企圖呼喊
我夢見他們穿過塔尖

成為地上最深的陰影
站在黑暗的表面
太陽慢慢撕下來
一隻散佈謊言的手

更多的謊言來自沉默
他回到魚群當中
假裝一切沒有發生
他小心不去移動
安靜的水面
以及
洞察的內心

# 鄉音

她不曾想及那自口腔送出的，——
跟身上揉合的膚色一般，而
純然地適應你的語音，凝聚此刻。

即便是懷疑，也罷；都動搖不了
她談吐的驕傲，如嬰孩把弄玩偶
的姿態，隨意。

也沒介意嘴角的破風的洩露，我試圖

去糾正，始終要止住的不由我恣意扶植
那扎根的方向！

啊，他豈能明瞭？才剛發現她背後
盛載路人偽善的譏笑，就像換下自己的皮膚，
一直矢口不提老家的味道。

一些風乾的彩貝，如今已飄蕩不定
或落沉大海。他終不知覺，捂著鼻子嚷喊
她濕潤的潮意，仍散不去。

# 甘蔗汁一樣流過

柬埔寨的笑，甘蔗汁一樣流過
小女孩體內
歷史凶猛的眉睫，如離落的簷
她們早上去學校
明信片執起轟烈的日
現實與蛇的氣味交換糾纏，這粗糙的枝椏戳破天空
聯合所有分心的食指不斷述說
「1 dollar」

倘若雞鳴追逐無刪節的時間
我們也可以讓焦慮依傍黑夜無眠

# 生命，無等待可言

**題記**：聽說，除了求偶外，蟬聲還代表著牠一生中最後的吶喊。

牠的影子
甚至不能用躲藏作形容
一陣蟬鳴被陽光狠狠地撕裂
彷彿落紅
潛入我思索的島
又微笑地腐爛

如突然睜大的眼睛
不同顏色的蟬聲被白晝全部撕毀

還來不及寫下的
牠的名字

# 寫給革命，寫給你

## ——致也是徒然

你把笑聲放在最後的位置，如
　穆罕默德．阿里
　一個黑人的名字
　脫離正統的拳法
　像打碎玻璃一樣
　搞黑人拳擊革命
無人賭注你輸無人賭注你，贏
你的吶喊大約獻給誕生的啼哭

你的徬徨從別人的徬徨中隱退
我說你隨時迎向野草的，燃燒
我說你隨時在風中革命。最好

# 沉默的你，我的印象

冬日的長廊掠過並不是我而是別人的沉甸甸的言語的果實甚麼都不是我像一隻深藍
旗幟迎向你專注的閱讀在圖書館的門玻璃前繫著綻放的陽光每次每次莊嚴地完成隱
密的升降儀式莫讓我被你的發現安葬

## 一月

——致XL

開始了
世界只是一個面朝的大海
和邊緣上滿滿的光點上演
你是依然暗黑的水裡的聲音

從久遠的街景一直捻起　燈

生命的色系不斷湧進跑者的瞳孔

日光如琴音劃過一下
快拾起季節的木屐
樂師手裡正傳遞一株會開花的樹
倒映在你預知的心臟

Happy
BIrthday

# 隱題詩：你是我的新綠

## ——一種對世界的認知感

你依舊恆常的叫喊和更換，把面具丟予，呼吸緊張的使者
是恐懼抑或必需，看啊，世界究竟是
我不能企及的智慧，有如疲憊
的習慣宣佈，放棄早已熟練的睡前姿勢
新的薔薇，禁不住，在我厭於傾聽時又再盛放
綠如惡釘的刺，到底要及時擊痛我，於萬幸的飛翔中

# 讀那封遲來的信後

——致XL

就如飛行夾入的暴風雨
等待也許附帶一定的危險性
比方說這封被退的信
在海面慢慢浮起

九月十一日，我握起筆
但最初的想法，久遠得彷彿是
落葉被一再清掃

讓我難以倉促的反應替代無數思念的章節

越來越微弱的筆觸
我把言語挖掘起來
在昏黃的燈下一個接一個排序

就這樣發生。
我曾經在北國遇見你
現在當聲音在剎那打住的時候
我喜歡把語言封存成安靜的流浪

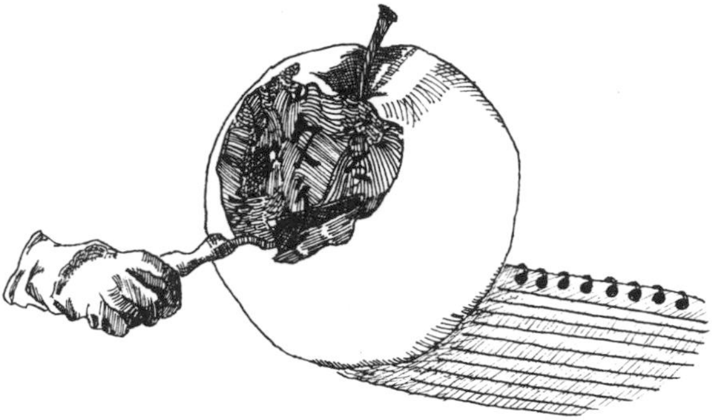

# 劃過一段傾向的距離

當念到那個最陌生的地址時飛機把翅膀暫時卸下。
忘了雲朵忘了太陽的刺痛
黃昏的風依然思索
遙寄予我的，那個熟悉的影子

而沙漏落在寬闊的路上
以致城市與城市的感覺迅速疏離
我開始恐懼夜晚的白色床單向晨光鋪展，
距離

古城牆像個高身杯子，等候我們傾注語詞的汁液
然後釀製回憶的酒
讓穿透著窗玻璃的你我的音線緩緩流過

沙子都下來了
雨水搖曳著雙臂還有身子，久久專注著紅色的樓頂
沒有考慮拉開降落傘的羽毛就縱身一
跳

劃過一段背與背的距離

# 伴隨著妳
## ——寫給 Shita

在無依靠的時間裡
所有急促的外衣從風中一一抵達
棲居的人們，比夏日收藏更多
擁有苦悶臉孔的，生活
和各自的貪婪，油膩的意圖

而散佈民謠的理想國，總是
在雲端，隱約等待甚麼

純潔的天空，妳的靈魂已孕育成
獨立的自由，放牧一束風
以及細緻的生靈

呵，讓我伴隨，雖然鼓號仍舊起落
而伴隨著妳，我猶聽見
遼闊的國度
染滿微笑的雨，恐懼因而
只屬於一種乾枯的語言

## 因為時間進入所有撫摸過的地方

就不曾離開。

不曾離開埋著兔兔的地下
種著繁華滿瀉的樹
不曾離開
時間落在樹下的鳥鳴
落在你靈魂的
瘦弱車廂

# 把雞啼放進冰箱

## ——吉林霧淞側記

零下二十九度，雙手比枝椏更易脫落
而吊著的老玉米，卻保持光澤
在冷冽裡，
客人專注樹形潔白之美。
擺渡的人，有時為夜來者起床
搞民宿的人，總是把旅居的垃圾
混合玉米梗燒掉取暖。

這是一個把雞啼放進冰箱
小狗不怕凍的小村莊

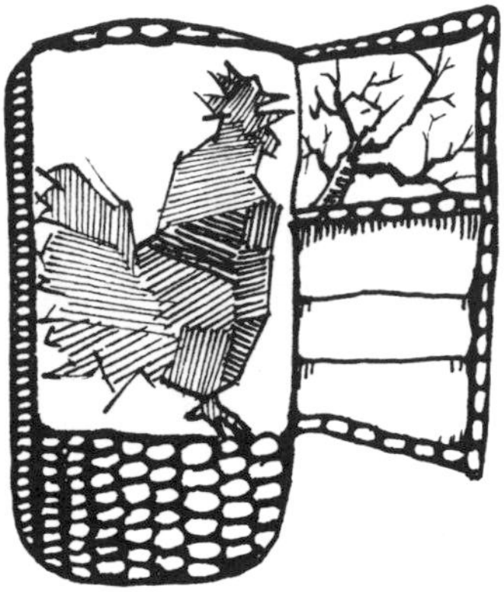

# Merry-go-round

——致Y

可是，於迴旋處舞劍的人喲，在這
閃亮的空氣裡，你
飾演人們心靈的獸，領一陣
安靜的休憩

陌生的旅者。唯有她不斷地掰算
你以純粹的姿態，在
賣藝後躊躇於僵訥的佈置

長久以來，你的肌肉
被雕塑成逐漸褪色的樣子
然又如何能消逸
你那，彩悅的語言輕輕地
從時間中遺留下空隙

現在，一旦你變作
思想明朗的詩呵
世界其實可是，無與倫比的風景
哪兒是灰黯，哪兒是光芒
都無所謂緊要

註：Merry-go-round：旋轉木馬

# 借來的情詩

我的額又輪到發痛的行列／怎麼說／神六的起降都觸及偉大並於兩唇間／舞蹈成飽
滿的日子／教我如何宣讀／那個不值一提的／我的影子倒映在地上敲響千萬個／愛
你，愛你／／然愛情只是個暴君統治／和一個軟弱派被統治，之於我／是你的故事縱
身躍入／還是海岸同化我，長延無界限的框線／如同收納一幀幀／你靜謐的風景
／／然我擁有的絕望／確實反覆推遲過，現在終於驚飛成／真正的絕望／ Princess
Mononoke 喚醒你對愛情／定義／我從來不能猜測／宇宙地面般的間隔／你才是你獨
裁的／能耐／／你無端的借予／電話上流連的等待／網絡上訴說的旗幟／久石讓的音
樂癒合過／你的但不是我的／傷／／好似榮耀一樣，我寫一首不倫不類的／情詩／你

相信嗎／他們不期而遇就成了／愛情／愛情，向他們跪下／／然你放心／多年以後／
我必能循著記憶讀你／最初詭笑的眼神／最後竟是一首借來的／我的情詩

# 從婚禮想到遲疑一詞

**題記**：「媽媽，我能結婚嗎？」——阿也
「我想，我喜歡的是女生……」——孟克柔

社會，婚禮，凡此種種
彷彿一開始就在這裡
小孩子會長高
大人們會結婚
那個發明婚禮的人……
完全是理所當然的

參加婚禮
舉行婚禮

終於有某人創造「遲疑」
形式的燭就能及時被吹滅，像斷落一枝
指向「例外」的岸

# 它更適合模仿塵埃

這是一個互相注視的旅程
情感的核心寬闊如退避的浪潮
如果上帝有空，就已經在背後
安排驚慌的果實提前墜落

愛情的灰燼經過熊熊大火
在鏡中映照出昨日的模樣
所有詞語交出它們的子民
代替蟲鳴與星宿徹夜來訪

一個傷口的存在
它的疆域也許逐漸消失
它的記憶也許在書寫中焚身
但它更適合模仿塵埃
在裸露的事實上
認識寒冷

# 集體派對

我們在黃昏的暴雨中
穿過不斷進食卻無以排泄的
狹小街道
被每一輛車子擁護著的我們
也在車廂裡
排隊等候遊戲結束

# 重遇妳

嚴格來說，這些年來
我多次遇到妳，但都不是妳
是可以拼湊出妳部份特質的微量元素
例如橫臥在威克洛山的碩大松果倒映出
小禮堂前妳撿拾的腰姿
可惜要說出這種事，卻極其尷尬
好像一個爸爸
細說孩子小時候的趣事
她聽起來要有多無辜：「那不可能是我！」

20160223

# 遊戲

世界幾乎可以停頓，腐爛的鐘聲
沒有在詩中屈服
詩人們一個一個緊靠著
矇著眼思想，在歌者
的中心完成遊戲

太多人進入。屋內的石越來越多
再無法認識

# 速度

寶藍色的九洲城下
兩個老人坐著像一幅油畫
那些懸掛的色調，被燈光持續劍擊
少年的輪滑，吹起瞌睡的眼簾
移動了邊框

# 某戀人離去

本週兩次看到
別人脫落的鞋跟

有學生將波鞋
與膠帶十次擁抱
才回到家

安全無損的人生
經幾遭突然的解體？

註：波鞋在粵語發音是球鞋的意思。

# 空降麵包碎的阿公

把身體深處騷動的寂寞撕開任鳥啄食
漸漸少了的
他的寂寞
啾啾地飛走

# 尋找銀河

在景致凋零時造訪
我們與最少的人流交匯
買了較便宜的車票、住宿
還有不可避免地打了折扣的，九寨溝勝景
我們聽了同一首歌，但版本未如理想
我們住在一個總是抽不出早一點或遲一點假期
的堅硬果殼深處，等待一條裂紋化身銀河

# 夜半驚魂

低矮的露台在某鐵針下染病
無力反抗小偷的剪影撞上牆壁
放縱兩條鼠腿潛入廚房
空氣就在菜刀的威脅下屏住呼吸
幾所房子的東西同時夢遊

次日
一切酩酊大醉，沒有回歸

後記：寫於某連環失竊事件以後。慎防可惡的小偷！

JanetteTam
20160417

# 泊人

你為何將生活當成一種停泊：
給自己上鎖
同時防盜

# 與死亡同眠

每個聲音微碎的夜晚
像許多年後才重播的文藝片
他用眼瞼咬著雪白的紙
蘸上死亡的顏色寫相同的夢

在開始的時候
就被擲入暫停的紅燈區
車子貼滿黃色的皮膚
密密麻麻地注射死亡死亡

死亡在樓頂懸浮
腳尖踢下細碎的沙石
死亡經窗櫺折射
繩帶張開啞默的問號
死亡瀉在床沿上
滾出虛脫的雪和泡沫

而我們守著舞蹈的手
生命如白鍵黑鍵般一直交替

在每一個夜深
哼同床的歌

# 飛翼之籟

## ——給人馬座

當飛翼的淚被雪的體溫包裝
我來晚了。
一本日記已被風抄寫成倒掛的掌紋——
　飄
　颻
糾纏的透明絆倒了飛翔的島
所有流星雨交通擠塞
風無影的

壓碎了窗頁的胭紅
黑色的，在發冷。

飛的籟音

終於
翻轉了一枚太陽
又捏起月芽的雕塑來

# 龍眉

之於童年，並沒有足夠的浪漫
一隻龍眉，緩慢的穿過
孩子醒睡的夾縫
如池面一圈水紋

彎彎的竹篾
在雪白的蜘蛛絲上下錨
猛烈的陽光充滿
龍眉睡在慘白的臉譜上

然後抽搐
你和我的回憶還在深綠的水面
而它們，故事的配角
在時間中一再復活，那雙掙扎的翅膀啊

我感覺到童年的腳丫和衣袖已經濕成一片
但是由於陽光，鼻子總嗅到乾爽的味道

---

註：在我的家鄉話中，蜻蜓被喚作「龍眉」。

# 舌頭

一顆火紅紅冰冷冷的子彈
嗖地射進我的胸膛
我忍痛
搜索出
一匹野馬
脫了繮
疾風似地馳騖
跨過銀河

喝口水
味道裡另有味道

# 瓶

我的家沒有瓶，更遑論花了
瓶好像是可有可無的裝飾
然而夏雨時分我得到一隻瓶
接過它我輕撫剔透的外殼那麼大
我用瞳孔穿透瓶口的寬廣
終於新插的零碎的花掩蓋了瓶唯一呼吸的地方
為了容納那花
我的眼睛像瓶　口

我的世界像瓶　口

我一直在陳列的房間幽香

ELU

# 也是白色

## ——《死營革命實錄》留記

彷彿是，再沒有更乾脆的白了／自從記憶裡／存記著索比堡／那些受驚的熱鬧鵝群
／很多猶太人或者／比受趕鵝群更無助的其他人／漠漠的大地／唯獨以白色的奏鳴
撕裂大地／而遠離了人才有的／危難語言／德國納粹的野心／也是人的野心／以更
白的白安葬原有的白／一切的／我們自憐的靈魂／都沒有逃避過某次／白色的塗鴉

# 號碼

（所有聯絡你的符碼臨行前喘息）
號碼。一片記憶在咬嚙。
我看見下意識的手，像拆去陰藍的刺繡，
耐不住時，燃一把火焚燬
號碼。溝通的海床。
我夢見傷口，浪濤般覆蓋過來的
洞穴。繃帶上的透氣孔。廢墟。

（你是你，同一個獨立形體）

語詞分明躺著，我的意識倒向顛簸的馬背
有一種起伏太像沉淪
仰望裡，我抓著斷落的雨披著你濕潤的影子舞蹈
太高的黃昏。一個我弱小的軀體。
我應否掀起，迎向你收割的花香
抑或忘卻，所有病態的愛戀

再說，號碼已經在一條街上停頓
我就在這廣闊的場景中，竟然忘了日夜。

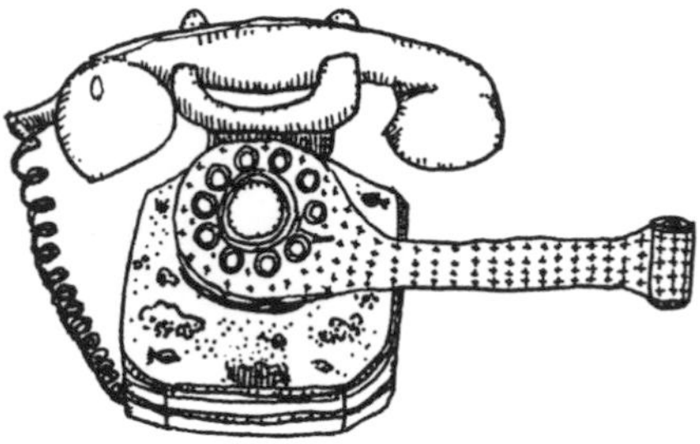

# 廢鐵有沒

——給 Ádh Dánlann

知道我從澳門來
愛爾蘭老闆說出一句中文
空氣中是我滿臉困惑，他離開了
再回來，這次遞上一張紙條，寫著：
「廢鐵有沒」，逐字直譯的英文像塊明亮鏡子
我的腦海突然衝進來一個叫鐵拐李的
叫賣聲（隨單車流動，賣的是雪條）
中斷了，又回到老人閃爍的眼睛

那個收破爛的人可能
早早丟失了面容，在台灣街巷中
延長，穿越的
也許是外省話，也許是台語，也許也許。
此際有我來不忘
要復刻出他，耳朵的記憶

# 我們一樣平等

**題記：**「死亡使一切人都平等」節錄自張愛玲《太太萬歲》的題記小文。

我們一樣平等
就像戰區的民眾夜裡必須醒睡
守望的病人卸下盡可能有的希望才忘記今早的花園
患病的婦人使出畢生的努力隱瞞并且工作
連籠裡的雀兒也不要命地歌唱

我們一樣平等
門上的鏽色斷斷續續被開鎖的人撞擊
有一天它也要躺下，在泥土裡

我們一樣平等
平等分配某些財產，可以很豪也能極窘地
花費掉開始和結束的心跳

我們一樣平等
把這話傳給每個絕望的人兒
也許持械的兵將會詭異地發笑

痛苦的朋友會用力扭我的頭顱

但我們還是平等地呼吸過這句話的氣味

# 粽子的命運

沿著解線的指尖
陳舊的寓意呵已返回
詩人自墓池中升起
饑餓的魚被禁錮

我們難以復刻一個年代
那些鮮艷的龍舟被歲月用力推開
經採摘的竹葉或荷葉
將裹纏越來越稀薄的歷史意象

久遠的口音還是要易變
粽子都準備了
詩人節慢慢退下來

「吃粽啦。」
那些從時間中一再輪迴的祭祀
輕輕默認著已擁有的名字
魚翅粽干貝粽養生粽
灰湯粽豆沙水晶粽
純梘粽香綿鹹肉粽
鮑魚粽XO醬風味粽
以華麗的食材

粽子在飲食和奉承的裙裾下
遺失了飛翔的喧響

# 無題

秋天的傷者懸著單臂
晚霞的光澤浸透
纖細的每片身體
人們說一瞬間沉墜
所有燦爛的痛
聽到豐腴的聲響

# 狀態

**題記**：後來，我委實搞不清他何來的奇思妙想，諸如「假若一個人被挑斷了手筋、腳筋，他是生是死？」一類常人鮮少思索的問題，他就是要「鑽牛角尖」去。

「但那人還能說話嗎？」我追問。

他並沒有回答我，而是繼續「踱著步子」，繼續低頭沉思。

有時我想，一棵樹，或者大自然裡的甚麼東西，任其變形扭曲，始終會被人們肯定和命名的。例如被砍後，僅餘一段矮樹墩的「樹」，它的價值依舊存在。但若果我們失去了活動能力，連思想也不可表達和交流，那意味著甚麼？

自湖面投出，或許存在被稱呼的折枝

我們的感情喲，就只能舉起
那顯靈的樹，盛放著有如供採摘之名

一切樹，及凡滾過的塵埃之類，背後都被談論
成認識過的事實。但是在

饑餓的床，它吸吮人，忠實的筋骨
一次如斯漫長之思想詭辯，讓堅固的語言
從眼裡借出；花香在容顏處盛了一半，死亡處又
一半。噢，躺著的人，他是
出於安靜的本能，盼望歌唱未嘗得之死亡

我們的心啊，終於斷定榻上
到未來，還是啞默的無所謂生命

# 在同一根稻穗上落地

把你從雪櫃拿出來
冰冷的氣溫保持你的完整
你對過去記憶猶新
昨日新鮮圓潤的質感就還給昨日
今天的你另有作為
忘掉那個飯鍋
用別的方法處理感情
遠離那次插電後的潮漲潮退
你可以留在乾爽的熱帶

繼續偏執自己不是某種綿軟的女生
過一次硬朗的獨居生活
雖然在同一根稻穗上落地
但是命運的分岔讓你遇到更多偶然
不是一隻剛好敲破的壞雞蛋
不是錯手下多了的油
不是你討厭的蔥粒
不是變成一隻淥飯團
不是放置數天被丟進垃圾桶
你前幾天看到他
飯桌上卻沒出現薯仔牛肉焗飯
今天，他帶來了青椒

你倆在大火的圓鐵鍋上翻滾起來
那麼熱烈，充滿蒜香
這些都是對海鮮過敏的你沒有想過的

# 雨聲終於沒有觸及

對於喧嘩的白霧
她如斯深入，又繁衍出擠迫的捆綁
然雨聲終於沒有觸及
快樂，淤塞了我們的感官

春天永遠駐足，像一個原我意識形態般
那向來的軌跡都在靠近，與疏離
可是，最後的事實如此冷酷

我們諳知的細節，要歷過
某次筵席，總不能從時間中推延
而只有天空的端倪，不斷洩露
那個恆定的回憶

# 記憶的姿勢

你貪吃了一些糖
也忘記拭擦鼻子
顫抖的身軀慵懶地
如暴亂的雨後一床睡著的水窪
我太用力撈起
浮在你唇上滴滴漏漏的言語
你想做戴著皇冠的女子
每一面牆壁都迫使你哀傷

我看過你的短髮墜入時間之深淵，蔓長
那些根部藏著爬行的記憶
卻爬不過茂密的 ketamine 和 alcohol

我在夢裡依然記得
你負傷時來到心癮的洞穴
一次次打磨醜陋的回音
直至，那副眼神開始清醒
你自己從緊閉的黑夜坐了起來

記憶的姿勢形同一陣急煞車
那麼張狂，把你抽離寶座

# 要唱快樂歌

——寫給 Leprosy

把鱗片刮掉，把水中掙扎的聲音刮掉
恐懼把關係刮掉，把往來刮掉
孤單刮掉，年老衰邁刮掉
放心，只是一部份刮掉
留一些同類沒完全被刮掉
希望未完全刮掉
時間沒有被刮掉
水慢慢、慢慢少掉

沒有魚唱不開心的調
一說
也許有更多、更多刮掉

後記：曾探訪一麻風病康復村，後來才知道，那些老人被隔離在那偏僻的角落有幾十年。Leprosy 起源於拉丁文 lepra，意為「鱗片」。

# 【後記】集結所有記憶的島嶼

很想跟你分享最近寫的一首詩〈雙胞胎〉，靈感來自我身邊的幾對雙胞胎學生。

我很想知道
另一個跟我長相一樣的人
會不會反過來羨慕，我的人生

可惜媽媽從一開始就
沒有給我雙胞胎的機會

我不是一個自信滿滿的人，而且，我的媽媽總是在我著手做自己感興趣的事（例如學圍棋、學小提琴、學畫畫），就第一時間「潑我冷水」，大概由於她比我更早地發現我那雙魚座的特質，儘管她對星座一竅不通。這些年來，我身體裡某些基因，總是不厭其煩地蠢蠢欲動，直到引起我的注意為止。寫作是，我做的時候，最能神不知，鬼不覺的。我的任性和固執，已經令媽媽束手無策，她在言語上重複又重複地「打擊」我，卻又百般遷就地給予我空間與時間，既矛盾又慈愛。我的家庭文化是，內斂的愛，很少有褒獎。

大概這樣，我的詩真實，卻隱晦。不習慣太直接地述說情感，對於憤恨或者鍾愛，我的筆觸都比較淡然，保持一種適度的距離。

《我喜歡我是現在的樣子》，當你捧起這本詩集，我相信，這就是我的小幸運。跨越五千個日夜採擷的生活片段，七十一首詩的往昔場景，最久遠的我，和這以後的你相遇，所有剛剛好交織在一起的元素，都十分微妙。

而成就這種微妙緣分的事，卻很早就在醞釀了。

感謝這輩子教過我的中文老師。二〇〇二年第一次刊登的詩，最後還是臉紅拿不出來。不過，我依舊記得那時寫好「詩作」，也不肯定算不算是詩，在曹嬌燕老師的鼓勵下，找到立叔（詩人淘空了），向他請教。他當下很高興，給我一些修改意見後鼓勵我投稿。作為老師的他，幫我寫了信封地址，最後似乎擔心我沒有錢買郵票，一直堅持塞給我一枚一元硬幣。也許立叔也不記得了，不過每次我想起這一幕，都會不自覺地熱淚盈眶，覺得自己在寫詩的起點得到很大鼓舞。另外譚偉業老師，也寫詩投稿，那時作為學生的我知道後，忍不住打擾他，多聊一下詩文，最記得他提醒我行文不要只顧堆砌華麗詞藻。

當然，如果要再追溯，我特別懷念初中參加過的一個政府暑期活動「青年文學營」，當時一手包辦上課與竹灣宿營的導師正是詩人黃文輝，即便後來沒有當面感謝他，我仍念念不忘他設計的課堂及其幽默風趣又感性的分享。這次出版詩集，感謝他繼續提攜後輩，立即答應為我寫序。

繼第一首詩被刊登後，很偶然地，我在中學的樓梯間看到寂然所寫的介紹別有天詩社的文章，興奮的心情從此把我拉到詩歌的網絡世界。我從別有天詩社的論壇交流漸漸過渡到更多的 ICQ 詩友私聊、PChome 個人新聞台貼文、喜菡文學網投稿等，當時的我真是身在曹營（中學校園），心在漢（詩歌世界）啊。這麼多年來，詩歌竟使我不孤單。

另外，不得不提《湖畔》編輯胡曉風先生，某次與友人依著刊物地址拿稿件給他，心裡戰戰兢兢，結果他很熱情地帶著還是中學生的我倆到雅佳茶餐廳聊天。記得他特別叮囑說，要注意避免寫房間式的無病呻吟。

感謝許多與詩歌沒有直接關係但又一再用正能量感染我的人，例如北京友人XL、中學同學SL和大學同學Usf，詩集裡有些詩就是因為他們而寫的。

感謝不同時期願意刊登我稿件的各位編輯大人，特別是夢子、黄文輝、賀綾聲和孟京。喜歡寫信與收信的我，至今還記得，二〇〇五年某個中午，到新馬路郵局收的掛號郵件竟然是有自己詩作入選的、從台灣寄來的《詩癮》，當時是開心得不得了。

感謝填詞班的李峻一老師和年輕詩人霜滿林為我的詩集寫推薦語，他們都是與文字結緣的人，能遇到這麼棒的創作人，是我莫大的幸運。

此外，特別感謝邢悦、洛書、樺哥（盧傑樺），還有甘草、手勢、海芸、祁紫、S、作業、小房大哥、賀綾聲、烙痕等，他們的詩心與作為詩友的鼓勵，使我在詩路上得到向前的力量。感謝雪堇，我們同是雙魚座、又讀英文系、更攜手出版第一本詩集，她和《香水的餘地》一樣既溫柔又率真，是我在出版路上的親密朋友。經歷了這麼多，別有天詩社從出版合集《彩繪集》、《迷路人的字母》、詩報《純粹・我們》，到有成員自資出版個人詩集，整件事都是美好而值得被更多愛詩的朋友知道，並讓大家相識、凝聚起來的。

最後，感謝台灣斑馬線文庫，尤其是榮華和許赫大哥，他們勇於挖掘新人，在這次合作中，雖然未與榮華碰面，但她一直與我和雪堇保持緊密聯絡，甚至在深夜或清晨都能看到她即時回覆，真是一位親切又熱心的出版人。感謝銀色快手大哥，還有林立婕老師，為我的詩集寫推薦序錦上添花。很感恩，愛好文學的人，也是充滿善意的人，他們為我的詩集，在閱讀上提供了不同的切入角度。

在這本詩集裡，我努力去蕪存菁，卻又禁不住想保留一些雜亂的歲月痕跡。寫作超過十年，就好像一幅經營得太久的油畫，也許我可以繼續在上面添加筆觸，用更多新作掩蓋舊的寫壞的詩。但最後，我選擇把大多數感受比較深刻的都留下來做一個階段性的總結。

這本詩集的插圖，緣起於一年前我參加的旅行速寫班，接著與「得閒寫生」的幾位朋友時斷時續地約出來畫畫，才慢慢促成了我稍有長進的畫功和靈感。現在想起來，每個畫畫的早晨，都悠閒、靜好。

寫到最後的最後，感謝我生命中遇到的人、事、物，好的壞的都靜躺於歷史軌跡中。感謝予我包容、予我無盡的愛的爸爸和媽媽。

詩集選在一個溽熱天氣面世，願你和我一樣，集結所有記憶的島嶼，喜歡現在的樣子，等待雨聲再次觸及。

譚俊瑩

二〇一六年七月

# 作者簡介

譚俊瑩，八〇後。曾用過多個筆名，例如，愷一、余清、傅鉞鍶，其他不再記得。廣州中山大學英文系畢業，在中學工作，全身長滿一種會把時間填得滿滿的自虐基因，在職修讀澳門大學中文系碩士課程，斷斷續續學畫、習字、攝影、自娛自樂而渴望一種多媒體的自我表達，不過最習慣文字的美感。

國家圖書館出版品預行編目（CIP）資料

我喜歡我是現在的樣子 / 譚俊瑩著. -- 初版. -- 新北市 :
斑馬線, 2016.08
面； 公分

ISBN 978-986-93375-0-2 (平裝)

851.486 105011261

# 我喜歡我是現在的樣子

作　　者：譚俊瑩
插　　圖：譚俊瑩
編　　輯：施榮華

發 行 人：洪錫麟
社　　長：張仰賢
製　　作：角立有限公司
出 版 者：斑馬線文庫有限公司
法律顧問：林仟雯律師

總 經 銷：楨德圖書事業有限公司
地　　址：新北市新店區寶興路 45 巷 6 弄 7 號 5 樓
電　　話：02-8919-3369
傳　　真：02-8914-5524

製版印刷：龍虎電腦排版股份有限公司
出版日期：2016 年 8 月
定　　價：200 元
I S B N：978-986-93375-0-2